"En el corazón de cada microrrelato de *Conozco el frío*, de Ana del Corral, hay un agujero negro que perturba pero que invita al lector a ser 'cómplice', como quería Cortázar, a tratar de llenar con su imaginación el inquietante vacío. La autora, pues, revela y omite al mismo tiempo, desatando la curiosidad y echando a andar otra historia, que cada uno armará en su cabeza. Nos descubre, también, todo lo que de azaroso y tenso puede haber en la cotidianidad, y con enorme lucidez va dejando caer frases lapidarias muy reveladoras. Su narración es rigurosa, ágil, precisa, una garantía de gozo para el lector, que nunca caerá en la monotonía o el aburrimiento".

Piedad Bonnett,
aclamada poeta, novelista y dramaturga colombiana.
Premio Nacional de Poesía, Colcultura, 1994; premio Casa de América de poesía americana, Madrid, 2011; premio Poetas del Mundo Latino, 2012, Aguascalientes, México; y premio José Lezama Lima de Casa de las Américas, 2014.

"Cada poética oración de *Conozco el frío*, de Ana del Corral, invita a los lectores a desentrañar el fin misterioso y sorprendente de sus microcuentos. ¿Cómo pueden tan pocas palabras subrayar el fino punto de balance entre lo bueno y lo malo en las personas y situaciones de sus historias? ¡Fascinantes!".

Sandra J. Schumm, PhD,
Profesora Emérita
y autora de *Reflection in Sequence* y
Mother and Myth in Spanish Novels.

Conozco el frío

Ana del Corral Londoño

DO | Domínguez Ospina
Casa Editorial

Conozco el frío
Ana del Corral Londoño

Literatura/Microrrelatos

Diseño de portada: Santiago Ospina Naranjo
Foto de portada: Cortesía de Maria Eugenia de Naranjo

Domínguez Ospina – Casa Editorial

ISBN: 978-958-48-8677-4

Impreso en Colombia por Imágenes y Texto Ltda.

Para más información o para contactar a la autora, por favor visitar www.instagram.com/do_casaeditorial o escribir a anadelcorral1@gmail.com.

Contenido

Prólogo

por Eduardo Escallón

Susan Sontag planteaba que hay dos tipos de escritores, los que quieren describirlo todo, como Tolstoi, y los que describen solo lo esencial, como Dostoievski. Así que preguntaba: ¿cómo escribir como el primero habiendo conocido al segundo? Y para ello recomendaba ser tan serio espiritualmente como Dostoievski y luego continuar desde allí. Ana del Corral parece haber seguido esta estrategia, pero con la dura imposición de lograrlo mediante el microrrelato.

Dado que, por definición, el género es breve y el espacio para la acción muy reducido, sería más fácil decirlo que mostrarlo todo, pero la autora se ciñe a la regla fundamental del arte narrativo y en esta colección de textos logra que el lector viva en su propio cuerpo las instantáneas fugaces que relata. El amor, la muerte, los encuentros y los desencuentros, las oportunidades perdidas y los perdones otorgados, la compasión, la ternura, la crueldad y la injusticia, toda la comedia humana en pocas frases, en oraciones pulcras y en imágenes poéticas que dejan un espacio para la lectura activa.

Quien lea no podrá evitar tejer historias entre las historias, extender las narraciones, ambientar otros espacios, descubrir complicidades, sorprenderse con héroes complejos nacidos de dos frases, figurarse personajes sugeridos con un esbozo o inventar antagonistas apenas señalados. Estos microrrelatos cuentan una historia completa y, a la vez, abren nuevos mundos posibles al lector. Con razón decía Chéjov que la brevedad es hermana del talento.

Bogotá, 2020

Eduardo Escallón, PhD, decano de la Facultad de Educación de la Universidad de los Andes, es historiador, educador y escritor. Es autor de las novelas *El cielo al revés* (2009), *La antorcha brillante* (2010) y *Sin asombro y sin ira* (2015).

Conozco el frío

"Yo de ese invierno me conozco todo el frío". Esa frase, que inspiró el título de este libro, me la regaló mi entrañable amiga, Ángela, q.e.p.d. Espero encontrarla algún día en el lugar de la eterna estación perfecta para hablar de los fríos que ya no volverán a azotarnos, de los libros leídos y por leer, y de cómo al fin de cuentas todo es infinitamente mejor de lo que imaginábamos.

"Con estas razones perdía el pobre caballero el
juicio, y desvelábase por entenderlas y
desentrañarles el sentido, que no se lo sacara ni las
entendiera el mesmo Aristóteles
si resucitara para solo ello".

Miguel de Cervantes
Don Quijote de la Mancha

La sonrisa

Uno de los meseros sí la tenía en su memoria. Dijo a la policía que se trataba de una mujer madura, mas no vieja, vestida de manera sobria, con un atuendo que no hacía referencia a ninguna edad en particular; era una mujer de esas que pasan inadvertidas.

La policía, diestra en las lides de provocar la memoria para conseguir información, le preguntó si recordaba qué había ordenado la mujer. El mesero informó que la mujer había pedido la ensalada de salmón ahumado y que se la había comido con lentitud, mientras leía.

Interrogado sobre otros detalles, cualquiera, que le hubieran llamado la atención, el mesero respondió: "Sí, aunque estaba sola, sonreía todo el tiempo".

El derecho a ser feliz

Vanesa tenía ojos de gato, a veces perezosos y soñadores, a veces astutos; pero eso no era ahora lo importante de Vanesa –lo importante era que acababa de tomar la decisión de "ser feliz"–.

Anunciaba a los cuatro vientos esta nueva intención. A sus allegados les generaban pavor estas periódicas proclamas de medidas definitivas.

Había querido ser feliz abandonando a sus hijos; había querido ser feliz gastando toda su herencia; había querido ser feliz trabajando con los pobres. En cada emprendimiento dejaba a su paso una estela de desazón que, antes que disuadirla, la persuadía de su originalidad y de su ingenio.

Los grandes ojos de gato hipnotizaban con su habitual halo de inocencia y convicción cuando les dijo a sus hermanas, que ya habían aprendido a esperar lo peor: "Voy a recuperar lo mío". Según ella, eso la haría, ahora sí, completamente feliz.

Otra versión de la espera

Por una ranura observó cómo el comandante, aburrido, pateaba con la bota de caucho el poste que sostenía, en medio del lodazal, la alambrada. Sacó el rudimentario radio que ocultaba bajo el colchón y lo tapó con la cobija mugrienta. Se cubrió la cabeza con la cobija y trató de escuchar.

"…llegar a un acuerdo…".

Después, sonido de estática. Su compañero de encierro roncaba el cansancio de las últimas travesías por la selva.

Iba a apagar el radio, pero algo lo detuvo. Dos lágrimas silenciosas rodaron por su rostro macilento cuando escuchó la voz temblorosa que hacía esfuerzos por sonar firme: "Papá no pudo esperarte".

En pocas palabras

Fairuz describía cómo se había salvado de las olas que lo azotaban. Dos inmensos ojos marrones todavía reflejaban desde el fondo la imagen de la furia del mar.

Mencionó cómo hasta los niños habían sido lanzados al agua y, guardando silencio, pareció adentrarse en sus pensamientos. Indeleble, lo sabía, sería la imagen de los traficantes cortando los brazos de los náufragos que, tras haber caído al mar o de haber sido lanzados, se aferraban al borde de la embarcación.

Antes de responderle al funcionario de la Cruz Roja que se interesaba en su ordalía, mantuvo otros instantes la mirada fija en el piso de concreto del centro de acogida. "Lo único que recuerdo (*y que sé que nunca olvidaré*, pensó) es el momento en que escuché por el megáfono: 'Buon giorno'".

En efecto, no lo olvidaría, pero no necesariamente por las razones que él imaginó.

Lo que no sabe el tiempo

Esteban dormía a su lado. Ella no podía dormir. Imágenes del pasado invadían su mente en tropel. Las creía bien enterradas, pero ahora hacían desbocar su corazón. Que se hubiera inventado otra vida en una bella ciudad europea no evitaba que a veces la dolorosa incertidumbre del pasado la tomara por asalto. Miró su celular y vio que había un nuevo mensaje. Contenía un enlace al principal diario de su país. En un rincón de la página principal decía: "C. M., secuestrado y dado por muerto hace 15 años, fue liberado y apareció en la carretera que conduce a la cabecera municipal".

Lección de vida

Extrañamente, amaneció soleado. Debió haber interpretado como ominosa la incongruente alegría del clima.

Al bajar la escalera para preparar café, notó que la maceta del rellano estaba volcada. Entró a su estudio y encontró los muebles patas arriba, los anaqueles casi vacíos y los libros violentamente tirados por todo el piso. En un rincón estaba su computador con la pantalla vuelta trizas.

En el centro del desorden, encima de tres tomos desparramados, había una nota escrita con los burdos y gruesos trazos de la rabia y la prisa, en marcador negro indeleble. Decía simplemente: "Para que aprendas".

Tarde o temprano

Los ojos hundidos en el rostro emaciado y amarillento me miraban casi desde el otro lado de la muerte. Eran como dos anclas negras aferradas a la realidad.

Ahí ya no se movería nada, salvo lo necesario para cumplir el paso ahora inexorable y próximo de abandonar los huesos y la carne hacia un destino desconocido.

Mi hermano le preguntó, no sé bien con qué fin, qué sería de mamá. Él hizo una pausa en la que el silencio se tornó denso, y luego contestó con voz laboriosa: "Invariablemente, todos algún día somos derrotados por nuestras propias conquistas".

Diálogo de sordos

La psicóloga escuchaba con atención mientras su paciente describía a sus hermanas.

—Patricia siempre ha sido así, se da ínfulas de superioridad —dijo Esperanza—. Y Gabriela es demasiado diplomática. Se queda analizando las cosas y nunca interviene.

—¿Y Cristina? De ella no me has hablado mucho —anotó la psicóloga.

—¡Ah, esa es caso aparte! Por todo se pone furiosa.

—¿Y tú piensas que para poder entenderse tienen que ser perfectas? ¿O cómo se logra la concordia por encima de las diferencias?

—No sé. Las extraño, pero como no podíamos comunicarnos, hace nueve años que no cruzamos palabra.

Lo que cabe en un papel

Clarita dobló con cuidado el papel toalla, perfumado por su loción. De todos los regalos recibidos en secreto, esos pedazos de papel significaban más que las bufandas, o las cajitas, o los aretes.

En ese papel él había envuelto los discos con la música favorita que le enviara a la impersonal dirección de un casillero de correo abierto a escondidas. Lo acercó a su cara para olerlo una vez más antes de guardarlo.

El papel terminó absorbiendo el río de lágrimas que se desató incontenible. Cuando por fin pudo dejar de llorar, lo extendió para que se secara y lo guardó de nuevo, bajo llave, en el mismo cajón donde guardaba desde hacía treinta años las tres cartas de despedida.

No es la distancia, tonto

Era domingo, y Rodolfo engrasaba sin prisa los goznes de la puerta de su cuarto, cuando de repente comprendió. No había sido la distancia. Nunca era, como todo el mundo decía, repitiendo la verdad aceptada, la distancia. La lejanía, tan temida, es apenas el catalizador de las debilidades y el lente que muestra la verdad.

Dejó sobre el piso el botecito metálico de aceite. Agradecido por haberse dado cuenta a tiempo, recogió de la poltrona verde la carta que había empezado a escribir y la rompió en diminutos pedazos. Enseguida fue a buscar la maleta a medio empacar, para empezar a devolver todo al guardarropa.

Corto vuelo

Qué importaba lo vivido. Se sentía libre. Depurada. Desde la placita miró la calle mugrienta y se despidió, empezando a sentir ligero el corazón. En otro lugar, lejos, inventaría sueños y tal vez escucharía palabras nuevas, buenas, de esas que dice la gente cuando su vida está en paz. Notó que, aun después de muchos años de languidecer en un cuartucho de mala muerte –y drogada para disipar la angustia–, no sentía rencor. Se sentía tan liviana por el camino de la libertad que pensó que en cualquier momento emprendería el vuelo. En ese momento lo vio venir hacia ella.

Conozco el frío

El amanecer despuntaba con un frío nítido. Las aves cantaban arropadas todavía por la tenue luz amarillenta. Mariana se esforzaba en levantarse.

La contundencia de la muerte era plomo en sus huesos y en su voluntad. Apagó la luz, dio media vuelta y se envolvió bien, fijándose que la cobija le tapara el cuello por todos los lados.

"¿Dónde estarán nuestros muertos?", se preguntó por enésima vez, cerrando la pregunta con un hondo suspiro. Procuró no pensar en los arrumes de ropa en el piso, ni en las tazas sucias con los restos de café ya encostrados en su interior.

Ahí se quedó dormida, otra vez con la esperanza, siempre fallida, de no volver a despertar.

Lo que a veces pasa

Azucena no lo vio llegar. A veces son imposibles de prever los acontecimientos más arrolladores.

Cuando el camión se detuvo, ella estaba agachada acomodando sus corotos. El talego colorido, tejido en plástico reciclado, estaba asegurado con una cabuya. De él sobresalían los plátanos, envueltos en la chuspita habitual, también plástica, de rayas azules.

Gildardo pisó el freno con suavidad. Miró la foto que siempre colgaba del espejo retrovisor y no tuvo dudas.

Azucena levantó la mirada. Mil luciérnagas aletearon en su vientre. Entendió con su cuerpo cómo brilla desde adentro la vida cuando en ella se juntan, por fin, todas las felicidades.

La luz de mis ojos

Siempre sus ojos dicen más que sus palabras. Sobre el verdor transparente que adora, sus emociones se proyectan en una inquieta coreografía de luces.

Hoy no logra leer su mirada. Él la mira, pero sus ojos son un espejo de agua gris, como el mar oscurecido por las nubes antes de que se desate la tormenta.

Un velo opaco se extiende sobre la superficie antes centelleante de su forma amorosa de mirarla. El tiempo se prolonga, y el alma que aflora siempre en la superficie de sus ojos continúa oculta.

Intenta hablar, pero él no la anima, no le pregunta. Su mirada permanece inmutable. Ella comprende que la mira con indiferencia, casi con hastío.

Sabe, sin lugar a dudas, que lo ha perdido.

Sus ojos se desvían por encima de su hombro hacia el fondo del corredor. Dos maletas y un pequeño maletín sostienen la puerta entreabierta. En ese momento es su mirada la que se oscurece.

La promesa

El portazo hizo retumbar los grandes ventanales. Después siguieron los gritos. Susana continuó pelando los tomates y preparó su coraza interior.

—¡Yo sabía! ¡Ahí está usted pintada! ¿¡Por qué tiene que hundirme siempre, ah!? —la increpó Gloria a los alaridos.

Susana se mordió la lengua y esperó a que su hermana terminara la diatriba, mientras remontaba a zancadas las escaleras.

Pensó en el viaje cancelado y en la beca de estudios que dejó pasar, y sus ojos se llenaron de lágrimas.

Esperó el segundo portazo y, cerrando los ojos, recordó la promesa hecha a su padre: "Nunca la abandonaré".

El sepulcro

Gabriel, naturalmente, quería que Sofía se quedara, pero en su interior había como una piedra sobre el sepulcro, algo que le impedía acercarse a su resurrección.

—¡Háblame! —Sofía llevaba tres días implorándole mientras que se le aguaban los ojos.

—No puedo creer que después de nueve años no tengas nada para decirme —dijo Sofía, ya sin lágrimas, y con un profundo cansancio se dirigió a las escaleras.

Mudo aun en su interior recordó la figura de su padre silencioso e inmóvil –aterrado– mientras su madre sollozaba.

La vacuna

Los perros ladraban, gruñían o ululaban en un continuo. La luna llena inundaba la hojarasca.

Pedro buscaba el zapato que había perdido en el jardín cuando se deslizaba apresurado y a rastras por debajo del seto, con el corazón galopante de pavor.

Sabía que un día lamentaría haberse resistido a pagarle la vacuna a la guerrilla. Sus vecinos pagaban desde hacía siete años.

Encontró el zapato cuñado entre las dos materas contiguas a la puerta principal. La nota, que sobresalía del zapato y que estaba escrita con lápiz de punta roma y en líneas torcidas, decía: "Nos volveremos a ver, marica".

En uno de esos gestos irracionales que tenemos a veces cuando la vida toca sus extremos, dio vuelta a la hoja. En el centro y de forma oblicua iba estampado un beso en pintalabios rosa.

Las cosas sencillas

"Al final lo que cuenta es simple, sencillo como sentarse a ver el cielo", decía su abuelo. Y sí, después de la debacle el cielo seguía ahí, esperándola.

Observó desde su banca cómo el suelo estaba tapizado de flores de cerezo. Suspiró hondamente, aliviada de que lo peor hubiera pasado.

Anita estaba fuera de peligro y, además, Alejandro siempre había estado a su lado.

Unas manos le taparon los ojos y un conocido olor a limpio la inundó de gozo. "Lo que cuenta es lo simple…", le susurró Alejandro al oído, antes de sentarse a su lado y tomarla de la mano.

No es lo que parece

La grava cruje bajo sus pies y, en medio del silencio, suena estruendosamente. Su garganta pulsa al compás del corazón. Aún no ha amanecido. Un gallo canta. Cristina continúa marchando montaña arriba, sin conocer ruta ni destino. ¿Regresará a casa como si nada? ¿Seguirá caminando hasta que el cansancio y el hambre la venzan?

Jadeante, bebe un sorbo de agua de su botella, más por nerviosismo que por sed. Toma aire a fondo y continúa subiendo. Las copas de los robles forman un túnel sobre el camino, y ya a lo lejos se divisa el páramo.

—¡Mamaaaá!, ven a desayunar.

Cristina da media vuelta y emprende el regreso con paso apurado.

La ciudad de hierro

Recién bañado y contento, Carlos se sube a su automóvil. El aroma cítrico de su loción y la música clásica invaden el ambiente. Se propone de nuevo blindarse contra el caos.

Está atascado sobre un puente cuando escucha un violento rechinar. Un motociclista vuela por los aires. Se ha accidentado sin duda en el cráter que él acaba de esquivar y ahora el hombre del accidente yace explayado en el andén, el casco a unos metros de distancia.

Los enervados conductores hacen sonar sus bocinas. Ajeno al bullicio que ha dejado de percibir, Carlos agacha la cabeza hasta tocar el timón y rompe a llorar.

Diálogos paralelos

—¡Mira qué bonita me quedó la pérgola!

—¡Hermosa! —responde Teresa—. Te va a servir montones, y con niños pequeños, más.

Teresa piensa en el vecino que está desempleado.

—Oye, Adriana, ¿sabes si Mario tiene ofertas de trabajo?

—Ay, perdona —responde Adriana—. Acaban de llegar dos invitados. ¡Ve mirando los espejos nuevos mientras regreso!

—Sí… está bien. ¿Mario y Silvia están invitados?

Adriana desaparece, dejando una estela de perfume dulce y penetrante. Reaparece enseñándoles a los recién llegados el nuevo tapete de cuero.

—Adriana, ¿Mario y Silvia vienen?

—No. Pensé que no se sentirían cómodos. Teresa toma su lugar en el sofá y suspira presa del tedio. ¿Por qué será que nunca aprende?

Infinito, mientras dure

Óscar suspiró y cerró con cuidado la caja de plástico transparente que contenía las fotos. Al subirla al escaparate vio, pegada por dentro al costado, una foto que no había visto.

Sintió un escalofrío, como si esa sonriente imagen del pasado le pidiera, en una súplica silenciosa, que la sacara de la prisión del tiempo.

Bajó la caja de nuevo y la abrió como si fuera un sarcófago egipcio, mientras su ser entero parecía concentrarse en el latido de su carótida.

Dio vuelta a la foto y encontró escrito, de su puño y letra, el conocido verso de Vinicius de Morais: *...mais que seja infinito en quanto dure.*

Infinito, pensó, *como mi dolor presente en su forma fugaz, en todos los breves instantes de mi vida infinita.*

El esfuerzo

Juan Manuel regresa a casa abatido. Hoy tampoco pudo dictar la clase. Sus labios parecían pegados con goma, las manos le temblaban y un sudor frío le empapaba las axilas.

Sus alumnos lo miraban estupefactos y se reacomodaban nerviosamente en los asientos mientras él palidecía, aferrado al borde del tablero.

Una vez más se había levantado decidido a luchar contra el pánico. Cuando salía para la universidad, Estela, a quien hacía cuatro meses habían dado de alta por tercera vez de la clínica de reposo, le había dicho: "No me aguanto más tu depresión", mientras Julián y Carolina, todavía en piyama, miraban desde la puerta de la alcoba.

De locos y de cuerdos

La terapeuta unió las yemas de los dedos con ese gesto manido de los que viven de escuchar cuando quieren demostrar que están ejerciendo su comprensión.

Cecilia se sonó estruendosamente antes de "verbalizar" los últimos sentimientos sobre la ausencia de su padre. La terapeuta consultó el reloj con mal logrado disimulo. Cecilia encontró la billetera dentro del bolso, debajo de los pañuelos faciales empapados de lágrimas.

Al llegar a la puerta, un pensamiento la hizo sonreír: *¡Qué locas estamos, yo pagándole para que me vea llorar y ella cobrándome por oírme llorar!*

Todavía sonriendo se unió a la corriente de transeúntes de las seis de la tarde.

Directo al alma

Se vistió con esmero mientras él la esperaba en la poltrona de cuero leyendo *Los heraldos negros*. Sin saber por qué, se sintió llena de esperanza, casi alegre. Tal vez todavía quedara un viento nuevo para echar a volar el amor.

Salió de la habitación con pasos lentos y se revisó por última vez en el antiguo espejo del corredor. Él percibió su presencia y levantó la vista, antes absorta en el libro.

La miró de arriba abajo por encima de los anteojos y le dijo: "Aunque existen en el mundo muchos objetos bellos, no tienes que ponértelos todos al tiempo".

El velorio

Sentadas alrededor del féretro las cinco hermanas parecían unas quíntuples esfinges cetrinas. Recibían las condolencias con el pelo quieto y los labios templados y rígidos como una ranura de alcancía.

Ángela contemplaba el cuadro con asombro. ¿Podría decirse que estas mujeres eran valientes?

En un asiento de plástico verde, en un rincón apartado y contra la pared, Mercedes sollozaba en hipos. Llevaba puesto el que a todas luces era su mejor uniforme. Procuraba infructuosamente secarse la nariz y los ojos con un pañuelo de papel empapado y hecho una bola.

¿Quién iba a pensar, se dijo para sí Ángela, *que a Adolfo no lo llorarían sus hermanas sino Mercedes? Y lo peor de todo*, pensó, *es que solo yo sé que no es lo que parece.*

Preguntas retóricas

—¿Para qué quieres un futbolista? —le preguntó Felipe desde la cama—. ¿De verdad querrías vivir en un mundo de *lockers* y sudor? ¿Crees que podría siquiera sentarse contigo en un parque a leer un libro? ¿Alguna vez te ha pedido que cantes?

Irene sonrió con tristeza y guardó silencio porque sabía bien que su padre putativo le hacía preguntas retóricas. Le acercó el libro y los anteojos, puso a su alcance el interruptor de la lamparita y le reacomodó la manta. Enfocó la mirada en sus ojos color caramelo para que pudieran, como hacían siempre los dos, comunicarse largo rato sin hablar.

Se inclinó, le dio un beso en la frente, y salió con suavidad de la habitación, a perseguir obstinadamente el desgraciado camino a su felicidad, o el feliz camino hacia su desgracia.

Problemas de otro orden

Javier quería ser escritor pero tenía un problema. Se le ocurrían innumerables formas de terminar un relato, pero la trama lo eludía. Un día se despertaba pensando en un cuento que terminara así: "Tarde o temprano todos nos convertimos en el remordimiento de alguien". Empero, aunque ponía en marcha todas sus estrategias creativas –el *Clave Bien Temperado*, el teléfono desconectado y el calentador encendido–, solo seguían llegando a su mente los finales: "La duración del matrimonio es inversamente proporcional al tamaño de la boda", por ejemplo.

Sentado frente a la página en blanco recordó una de las frases de la víspera: "La inteligencia rara vez nos sirve para lo que más la necesitamos".

El muro casi infranqueable

—La rabia es un río infranqueable y ensordecedor —dijo Magda, y continuó remendando la punta de la media gris.

Mónica se detuvo en seco y la miró, llena de... rabia.

—¡Odio que me hables en máximas!

—¿Quién es más feliz —preguntó la madre—, el que persiste en remendar y tejer su vida o el que vive dedicado a la infructuosa labor de conseguir adeptos para su rabia?

La pregunta, por razones misteriosas, esta vez dio en el blanco. Mónica tomó el teléfono y marcó el número que debió haber marcado años atrás.

Aliteraciones

La pizzería era acogedora y el momento perfecto. Desprevenido y alegre, Ramiro conversaba con la mujer de sus sueños.

—A C la dejé porque se ponía tanga seda dental. Me aburrí de M porque me esperaba en el aeropuerto con botas de tacones y el pelo lacado. De E me decepcioné porque tenía un tatuaje. A H la dejé cuando me di cuenta de que se había hecho cirugía plástica en la nariz y en el mentón.

Carolina, cuyo rostro se había ido transformando imperceptiblemente, se levantó con suavidad y le clavó la mirada en los ojos.

—Y a ti te dejo por pendejo. Y tras pronunciar esa aliteración accidental pero contundente, abandonó el restaurante.

Libertad incondicional

Sentado en su silla de ruedas, miraba por la ventana hacia las montañas.

—Si quieres puedes venir a ver televisión —dijo la voz desde la habitación contigua.

Rodrigo permaneció en silencio, esperando la siguiente invitación, que vendría inexorablemente.

—Si quieres puedes comerte la piña que trajeron.

Rodrigo subió una ceja y reacomodó en la silla su esquelética, humanidad, emaciada y terminal.

—Rodri, ¡si quieres puedes hacer un crucigrama!

Los ojos de Rodrigo se nublaron de melancolía mientras contemplaba sus manos, otrora fuertes y llenas, convertidas en una fibrosa garra.

Solo la enfermera le oyó decir: "No pues, el país de la libertad".

Las múltiples posibilidades

En su presencia ella se vuelve periférica. Cuando él empieza a hablar, su vozarrón sobredimensionado la lanza de un golpe al extremo de su órbita, en donde se dedica entonces silenciosamente a pasar el trapo húmedo por superficies relucientes y a redistribuir objetos que están en perfecto orden.

Él continúa su vociferante exposición sobre todas las cosas.

—¡Pásame un tenedor!

Ella toma el cubierto del cajón. A sus espaldas, contempla unos segundos las posibilidades del tenedor.

Sonríe para nadie en particular, se lo entrega, y abandona sigilosamente la cocina, cerrando la puerta tras de sí.

Todo o nada

El multicolor gusano metálico avanzaba como siempre en lentos trompicones.

Miró distraídamente su espejo retrovisor. En ese instante vio cómo un policía imberbe golpeaba con el bolillo a un indigente que, enroscado en el piso, abrazaba una raída cobija color polilla.

Camila abrió la ventana y sacando medio cuerpo se puso a gritar: "¡Déjelo en paz!, ¡Déjelo en paz! ¡Pare de golpearlo!".

En ese momento, otro policía se sumó a la tarea de darle patadas. El movimiento de los otros vehículos y el estruendo de bocinas que la apuraban la obligaron a avanzar. Si ella llorara, lloraría todo el tiempo. Y por eso no lloraba nunca.

Oportunidades fallidas

Era domingo. Desde su balcón, Bernardo observaba los imponentes cerros verdes que bordeaban su ciudad. El atardecer se confabulaba con un frío perfecto y teñía el cielo de amarillo, bañando los edificios de ladrillo, armoniosos y bien concebidos, con esa evocadora luminosidad que tanto amaban los arquitectos.

Miró hacia la calle. Un reciclador empujaba un pesado carro repleto de cartones. Sobre el irregular andén cubierto de lozas partidas, una jauría de perros rompía las bolsas de basura esparciendo huesos y pañales.

Suspiró y pensó con tristeza que aun peor que la falta de oportunidades eran las oportunidades desaprovechadas, y su país, y por qué no la vida entera, no era sino eso: una gran oportunidad eternamente desaprovechada.

Felicidades tenues

"Todo lo que vale la pena nace en la capilla del silencio y echa raíces en la soledad". Su madre entrañable pronunciaba frases así. ¡Cuánto la extrañaba!

Entró a la recóndita capilla enclavada en el bosque. Las piedras rezumaban humedad. Un solo vitral adornaba el recinto rústico y diminuto y por entre sus vidrios el sol vertía una luz tenue y multicolor. Como único símbolo religioso, un burdo crucifijo de madera colgaba detrás del altar de piedra, desprovisto de ornamentos.

Yolanda se persignó y se arrodilló. Un manantial de música empezó a brotar desde su interior, ensanchándole el corazón.

—*Fíat*, Señor, —dijo, como hablándole a su soledad en la penumbra, y se sintió más feliz que nunca.

Los pliegues ocultos de la perfección

Hasta en su forma de dormir, ruidosa e invasiva, era egocéntrica. Álvaro rumiaba el error cometido y se preguntaba cómo había sido posible no darse cuenta a tiempo de que esta mujer aparentemente clara, dulce y de psiquis organizada era un terremoto de irracionalidadególatra, de duplicidad destructora, de caprichos demoledores.

—Cuídate mucho de las mujeres perfectas —le había dicho un día David, en el bar en donde siempre se encontraban después de la universidad.

Fue el mismo David quien lo empujó a tomar una decisión. Infortunadamente, su liberación había llegado en forma de otra esclavitud.

Aprendizajes inútiles

A punta de observar, por fin había aprendido que la sencillez era un camino mucho más directo a la elegancia que el artificio. Con la sencillez, había concluido, era casi imposible equivocarse, mientras que el artificio era un campo minado de posibles errores de criterio, como el exceso o la falta de concordancia.

Respaldada, pues, por la seguridad que le daba ese conocimiento, se presentó a la entrevista para el trabajo que tanto anhelaba vestida con un pantalón negro de raso, una camisa blanca de diseño minimalista, mocasines negros planos y su única cartera, un gran bolso negro de cuero fino que le había costado el salario de un mes.

—¿Qué creíste, que esto era un bufete de abogados? —le preguntó el jefe de meseros, mientras la acompañaba hasta la puerta de salida.

Vejez incipiente

—Uno tiene que hacerse responsable por sus actos, —dijo Rebeca.

Era la quinta vez esa semana que Margó se lo oía decir. Margó notó que su amiga, inteligente y conocedora del mundo, empezaba a reducirse a estos lugares comunes fatigosos y grandilocuentes que pronunciaba de manera pausada y efectista, como si fueran grandes descubrimientos.

"La gente se está embobando", era otro de los habituales. *Rebeca se envejeció* —pensó Margó—, *tiene que ser por eso que se agarra como por reflejo a esas frases que antes eran originales en ella y que hasta nos hacían reír.*

—Este país es imposible —dijo Rebeca. Margó suspiró, miró por la ventana y se preguntó si la otrora vibrante amistad lograría sobrevivir la estéril reiteración.

Respuestas automáticas

Al principio, Sergio pensaba que encontraría la forma de superarlo. No contaba con que el despecho por el amor no correspondido brotaría rencoroso en cada comentario sarcástico.

—¿Ah, sí, crees que eres la única a la que las cosas le cuestan trabajo? —le respondió cuando ella llegó diciendo que el metro estaba atestado.

Sergio miraba esos inocentes ojos de foca extraviada y los lustrosos bucles marrones que enmarcaban su piel de alabastro –que adoraba–, y sin darse cuenta ya había lanzado el siguiente dardo.

—¡Uf! ¡Cómo hay de gente que se cree más de lo que es!

No encontraba la forma de apagar el mecanismo interno que disparaba veneno en contra de su voluntad y por eso la bofetada no lo tomó del todo por sorpresa, como tampoco el fin de la amistad.

La infancia, más o menos

Juguetes para niña. Una plétora de opciones *kitsch*, casi todas de color rosa, y empacadas con mucho cartón y mucho plástico: muñecas de inmensos ojos en palacios diminutos que se podían armar a gusto, la fauna entera en texturas suaves y en diversos tamaños. Verduras y frutas de plástico con el correspondiente carrito de compras.

¿Qué podría gustarle? ¿Tal vez colores para pintar? ¿Cómo llegar al fondo de los bucles de la materia gris para ponerlos en movimiento? ¿Un naipe tal vez?

Optó por una combinación: unos gruesos lápices de color y papel cartón de gran formato, y un sonriente camello de peluche.

Nada lo había preparado para esta segunda infancia de su madre.

Nota al pie

El subtexto se volvió más extenso que el texto.

¿Podrías traerme las gafas? Se me quedaron en la mesita de la entrada.

—Sí. Va. *Como si yo no tuviera nada que hacer. Ya ni el "por favor" es necesario. Soy esa veleta que revolotea alrededor de todo el mundo, la mariposa-mandadera que no se asienta, la chapola silenciosa encargada del bienestar colectivo. No veo la hora de acostarme a dormir. Ahí sí por lo menos quedo invisible del todo, de verdad y por buen rato.*

Por fortuna era bastante consciente. *Vaya, vaya,* pensó sorprendida. *¿A qué horas dejé de ser el relato y terminé convertida en una nota de pie de página?*

Despedidas

Todos mis pasados truncos y mal acabados, pensó.

Había pasado por los cambios sin antes mirar bien a la cara la vida que dejaba. Su falta de conciencia ahora le quitaba el sueño.

En parte —pensó—, *lo que más me pesa es no haber sabido que era feliz, cuando fui feliz… y no haberle concedido a mi pasado el honor de una despedida.*

No se despidió, de hecho, ni siquiera de su felicidad. No miró a Silvia hasta el fondo de sus ojos sin fondo para decirle: "Gracias. A tu lado me sentí más vivo que nunca", antes de embarcarse para siempre en el infinito y cotidiano suplicio de extrañarla.

Tipos de respuestas

—Es que quería saber cómo era hacer algo malo a propósito —dijo Julia sin dirigirse a nadie en particular.

—¡Vaya respuesta tan peregrina! —dijo su madre.

Las gestiones continuaron: "Firme acá". "Hay que esperar para hablar con Extranjería". "No sabemos si habrá deportación".

—¿Deportación y sello en el pasaporte por haberse robado un pintalabios?

—Sí, señora, según las leyes de este país bien puede ser. Ella es mayor de edad y cometió un delito.

Julia, internamente nerviosa pero confiada en las gestiones de sus atribulados padres, solo podía pensar una cosa: *¿Qué diablos es una respuesta peregrina?*

Todo pasado

Conchi se tomó la cabeza entre las manos y mientras repetía "¿Qué han hecho?" se sentó en el muro de ladrillo que rodeaba un árbol mustio. La tierra reseca y arenosa estaba tachonada de colillas de cigarrillo.

Si acá veníamos Rita y yo cogidas de la mano a comprar el pan, y jugábamos rayuela en esta esquina. ¿Por qué cortaron los guayacanes? ¿Dónde está el arroyo? .

Recordó cómo Rita y ella jugaban a poner alfileres sobre los rieles del tranvía, para recogerlos después convertidos en planas y perfectas espaditas para gnomos.

Y recordó muchas otras cosas, y se fue perdiendo cada vez más en ese pasado difuso, encendido a chispazos por algunos recuerdos rutilantes, y tan lejano del insípido presente.

Problemas ecológicos

La sencillez era su referente natural. Su madre y sus hermanas eran mujeres de esas que se visten sin demasiado esfuerzo ni premeditación con zapatos sensatos, yins y un saco o una camisa que más o menos haga juego.

Por eso ahora, mientras esperaba a Lucrecia, se sentía como traicionando una causa, una ética.

¿Cómo había hecho él para enamorarse de esta sílfide que flotaba en una nube de perfume costoso y que solía llevar pantalones de cuero imposiblemente apretados, botas de tacón alto y una chaqueta peluda vagamente alusiva a algún animal salvaje?

Lucrecia se le acercó por detrás haciéndole cosquillas en las orejas con su cabello alisado en la peluquería. Gabriel se dio media vuelta, observó las nueve bolsas de compras y pensó con angustia: *lo que yo que tengo es un problema ecológico.*

No sobra pensar

La versión de la mujer era que venía de G, tras dos días de conducir sin parar, afiebrada, enferma y delirante.

—Tiene vencidos el seguro obligatorio y la revisión tecnicomecánica, y además conduce sin pase. Vamos a tener que inmovilizarle el vehículo.

Un uniformado de rostro despejado y decidido se abrió paso hasta la ventanilla y miró a la mujer unos instantes.

—Partida de idiotas. ¡Si leyeran aunque fuera un periódico de vez en cuando! —Y luego, dirigiéndose a ella y poniéndole suavemente la mano en el hombro—: Señora González, la felicito por su llegada a la libertad y por su valentía.

Pequeños actos

El bibliotecario vestía chaqueta de paño, camisa azul en tela Oxford, corbata y zapatillas de deporte.

Sentada en una de las mesas de la Biblioteca del Congreso, Isabel, ojerosa y nerviosa, se movía en la silla, se comía las uñas, tecleaba y borraba en su computador.

Al terminar de secarse las lágrimas con un pañuelo de papel que ya se deshacía, Isabel levantó la mirada y vio que el bibliotecario la esperaba en silencio con un fajo de papeles que sostenía en los brazos con solemnidad y cuidado.

—*Perhaps this might be of help.*

Isabel observó las partituras originales, firmadas y anotadas por el compositor a comienzos del siglo pasado. Se secó las lágrimas con el hombro antes de levantarse de un salto y estamparle un beso en la mejilla al desconcertado bibliotecario.

La plegaria

Las dos sillas quedan posicionadas al lado de la cafetera, no del todo paralelas, no del todo de frente. Marta extiende la mano y escudriña con sus grandes ojos azules los negros y expresivos ojos de Luz, quien le toma la mano.

Agarradas con fuerza, estas viejas amigas, antaño dos mujeres elegantes, vitales y rebosantes de salud, nietos, vajillas y viajes, se miran a los ojos.

—Lucerito de mi vida —dice Marta— ¿a qué horas fue que nos pasó esto?

Y proceden a la capilla, empujadas por las enfermeras, para rezar el rosario y pedir lo acordado: "Que Dios se acuerde de nosotras".

Motivos de impaciencia

¡¿Dónde están sus nombres?! ¡¿Dónde están los detalles de sus vidas y de lo que hicieron y de lo que soñaban hacer?! ¡¿Dónde dice quién llora su desconsuelo solitario y en un rincón?!

Así más o menos proseguía el desesperado soliloquio de Beatriz, parada frente al televisor mientras el noticiero acomodaba entre el segmento de la información internacional y el de deportes una noticia de último momento.

La presentadora, con su maquillaje profesional y el escote necesario, ya ha pasado a otras cosas de seguro más importantes, pero las palabras aún retumban en la cabeza de Beatriz: "Once soldados muertos al caer en un campo minado".

Duelos insólitos

Cristina lloraba a moco tendido, produciendo, entre hipos y estertores, una humedad abundante. El resto de los familiares permanecía silencioso alrededor del féretro, esperando el momento en que el funcionario de la funeraria lo empujaría por la cortinilla del horno crematorio.

Cristina, la menor de las sobrinas, continuaba sacudiendo los hombros con un descontrol convulsivo.

Terminada la ceremonia, la viuda y su hija mayor bajaban tomadas del brazo por las escalinatas que conducían del horno crematorio hacia el estacionamiento.

—No es que sea grave llorar tanto —dijo la viuda.

—Ya sé —dijo la hija—, lo que me mata es el contraste entre la ausencia previa y la histeria a la hora final.

Última voluntad

Escucha, atenuados por la cortina lechosa que lo separa del mundo, los pitidos de la máquina que registra rítmica y arrulladoramente sus signos vitales. Piensa en Gaby y en cuánto anhela abrazarla.

Intenta hablar, infructuosamente.

Una sola palabra bastaría, por ahora. Procura mover la cabeza. Imposible. Tampoco puede abrir los ojos. Aguza el oído y escucha el chirrido de un gozne. Su piel se percata de un movimiento del aire. Sabe que han entrado una o varias personas. Una voz ronca que él conoce bien dice muy quedo: "Ya los médicos emitieron su concepto. Es una crueldad mantenerlo así".

Nacimientos espontáneos

Algo acaba de empezar, piensa Simón. No sabe por qué tiene esa sensación de que algunas cadenas se acaban de romper. Así ocurre a veces. El alma tiene estaciones y de pronto brota las primeras flores sin que nos demos cuenta.

Termina de amarrarse las zapatillas de correr, revisando que los cordones no estén ni flojos ni apretados. Se pone la chaqueta cortavientos y se ajusta el reloj. Cuando se acerca a abrir la puerta de su casa, se da cuenta de que acaba de desatarse un recio aguacero. Haciendo caso omiso del diluvio, sale y queda empapado en el primer minuto. Lleno de vitalidad arranca a correr.

Así es la primavera.

La última oportunidad

"Me equivoco si creo que te conozco porque la vida ha de haberte cambiado, ha de haber tornado más áspera tu dureza, más inestables tus caprichos y más hirientes tus silencios".

Misael leía sin poder dar crédito. Adelaida ya lo había hecho una vez. ¿Por qué no habría de hacerlo en una segunda oportunidad?

Al fin y al cabo, ya treinta años atrás ella había concluido que era más fácil extrañarlo, por difícil que fuera, que intentar amarlo.

Era la segunda claudicación, pero esta vez frente a una última oportunidad. Arrugó la carta sin terminar de leerla y la lanzó al fuego crepitante.

Caminos

Se llamaban Los caminantes del no retorno. Eran un grupo variopinto. Cada uno había encontrado en caminar un alivio para los avatares de su vida. Gloria procuraba destrabar un divorcio prolongado que amenazaba con dejarla no solo arruinada sino sin ganas de vivir. Andrés era un cocainómano sensible y retraído que apenas empezaba a creer en su rehabilitación. Caminando, Mariana olvidaba a ratos la vida malograda de su hijo. Fue Abel, el viudo, el que un día dijo: "¿Y si no volvemos?".

Se les ha visto en diversas partes del mundo, tostados por el sol. Su cara de felicidad los sorprende incluso a ellos mismos.

Los sonidos del silencio

Se tapó con las dos manos las orejas. La mueca de disgusto era inocultable. A sus 80 años Alberto ya no estaba para cacofonías: por un lado el televisor de la sala de espera, por otro el sonido que alcanzaba a escapar de los audífonos de su vecino, por otro los anuncios por los altoparlantes, ¡y ahora esta mujer que cuadraba asuntos de negocios a su lado con el teléfono en altavoz!

Empezó a sentir que un sudor frío le corría desde las axilas hasta la cintura. Trató de tomar su maleta para buscar un lugar más apartado dentro de la atiborrada sala.

Los paramédicos dijeron que el infarto había sido fulminante.

Autoayuda

Si todo fuera tan fácil como seguir los sueños, como buscar el destino, como amar sin medida, como hacerle caso al corazón, pensaba Cecilia mientras rompía con minuciosidad y cuidado las páginas del libro de autoayuda. Una furia se fue apoderando de ella, más que todo contra sí misma.

Mejor hacía una hoguera. Buscó los pedazos de madera, los periódicos viejos y los fósforos, y en los anaqueles todos los libros que alguna vez la hubieran invitado a "quererse a sí misma", a "aprender a ser feliz", a desintoxicarse, a reírse más a menudo, a encontrarse, a salvarse, a liderar, a encontrar su niño interior.

El último en caer en la pira fue un conocido éxito. Se llamaba *La mujer auténtica*, y había sido escrito por ella misma.

Palabras vacías

El padre del último paciente del día tenía fama de violento. Cuando ingresó al consultorio con su pequeño de cinco años tomado de la mano, nada en sus ademanes delataba al energúmeno que había tratado de ahorcar al pediatra.

Jacobo estaba acostumbrado a la palidez cetrina de sus pacientes y a la pena de sus progenitores, pero algo en los ojos verdes del padre le llamó la atención. ¿Era acaso una bondad, o era un tristeza más honda que todas las que había visto en su larga vida de médico?

Mientras el niño se entretenía con los juguetes, Jacobo escudriñaba el rostro del padre. Sus ojos se encontraron.

—Doctor, por lo que más quiera, no me vaya a decir usted también que todas las penas se pueden superar —le dijo el padre, con una ligera alteración en la mirada.

Viéndolo bien

Su romance con los aeropuertos estaba acabado. Ya no eran para ella ni el fascinante bazar exótico ni las puertas hacia la aventura.

En esta ocasión pasó los controles de seguridad y en lugar de esperar con emoción el vuelo y la posterior llegada a un país nuevo, se sintió gris y miedosa –¿vieja, tal vez? –.

Detrás de ella dos ancianas charlaban y se reían mientras se quitaban los zapatos.

—¿Y qué tal que nos perdamos en la India? —preguntó una de ellas.

—Lo bueno es que no importa porque nadie se va a dar cuenta —respondió la otra, y rompieron en una sonora carcajada.

Reacciones no tan inesperadas

Sussy y Janet discutían interminablemente sobre los pormenores cotidianos de sus dos perros. Que si le diste suficiente de comer, que si hoy le toca a fulano dormir con nosotras, que el paseo estuvo muy corto, que la alergia de la piel debía ser por causa del cambio de alimento. Que no, que ese alimento ya se lo dimos antes, que no olvides mañana la cita con el veterinario, que si no has notado que tal ha estado decaído.

Todas las conversaciones eran estridentes y en tono de altercado. Ese miércoles por la tarde en que se encontraban enfrascadas en alguna discusión del mismo tenor ninguna de las dos vio venir el mordisco, al que no antecedió ni siquiera un gruñido.

La espiral

Cuando joven, Darío había sido un bohemio culto y atractivo, ingenioso, el alma de la fiesta, el del comentario sagaz que provocaba la risa de todos. En su último empleo había trabajado como coordinador de programación en una de las cadenas televisivas nacionales.

Quince años atrás había sucumbido a las tentaciones de la estabilidad matrimonial y se había casado con Abigail, la presidenta financiera de una multinacional. Acordaron que él se quedaría en casa dedicado a sus actividades intelectuales mientras que ella se entregaba de lleno a aumentar un capital nada despreciable.

Un domingo, Abigail regresó de un viaje de trabajo y no encontró rastro ni de él ni de sus pertenencias.

Mientras ella trata de comprender, algunos aseguran haberlo visto en la zona de los bares del centro, rozagante y divertido, declamando poesía y bebiendo vino tinto desde las tres de la tarde.

Entre la niebla

Es primero una inquietud difuminada, una niebla que envuelve los pensamientos, el malestar del miope que no logra enfocar pero que necesita conocer la información.

Por lo general el asunto se resuelve pronto cuando se confirma la premonición –y el río se desborda, o muere la persona con la que soñó o timbra el teléfono y es la llamada que él espera–.

Es algo importante –se dice, mientras desayuna– *porque esto no es normal, ni siquiera en mí.* Suena el aldabón y Bernardo se acerca a la puerta. Mira por el ojo de buey y el estómago le da un vuelco de alegría. La información toma forma concreta. Ahora entiende.

La madeja

"Chiquita mía: No hay hilos sueltos –pueden parecerlo, pero no lo están–. Las historias se encadenan. Forman parte de una sola madeja que tarde o temprano se vuelve a encontrar consigo misma. Encuentras ahora el hilo que creías perdido. Mucho tejiste, pero el pasado venía corriendo detrás de ti. Las segundas oportunidades rara vez aparecen. Ya que lo encontraste, termina de enrollar tu madeja".

El consejo estaba escrito en la fina caligrafía de su madre. Elisa dobló la hoja y la guardó de nuevo en el sobre. El perdón que debía pedir al otro lado del océano empezaba a ser una fuerza incontenible.

Conexiones fortuitas

A Ofelia le habían advertido que no contara sus tragedias mientras les arreglaba las uñas a las señoras, pero apenas alguna de sus clientas le pregunta sobre su vida, el relato vuelve a brotar a borbotones.

—Vivíamos bien —dice, entrando en su mundo interior—. Teníamos ganado y sembrábamos. El día que ellos llegaron con sus fusiles y sus patadas nos dieron diez minutos para salir. No tuvimos tiempo de empacar nada. Andresito no alcanzaba a correr y yo lo arrastraba y cuando llegamos al pueblo vi que le había pelado la piel de la pierna y el niño sangraba.

Ofelia regresa de su pasado al presente. Falta solo la uña del meñique por pintar de rojo, pero los sollozos de doña Fanny lo hacen imposible.

La conversación

—Acuérdate que no hemos pagado la cuenta del gas.

—¿Cómo? —Graciela cierra el grifo en la cocina, va hasta la puerta y desde allí repite, subiendo el tono de voz—: ¡¿Cómo?!, pero Nicolás ya ha salido hacia el garaje a buscar la caja de herramientas.

No parecen ya una pareja sino unas voces que se persiguen sin encontrarse.

Nicolás regresa del garaje. Cuando pasa por la puerta de la cocina, Graciela le dice:

—¿Será que me traes por favor la escoba que se me quedó en el garaje?

—No te oigo, —dice Nicolás, mientras empieza a subir las escaleras.

Graciela suspira. Infortunadamente, ella tampoco alcanza a oír cuando Nicolás pronuncia las palabras que ha estado esperando toda la vida.

Una de tantas preguntas

"Veo que las flores tardan en abrirse, veo que los árboles tardan muchos años en ser grandes y que las personas nos demoramos en crecer. En las noticias he visto cuando ocurren tsunamis y terremotos, y cómo queda todo destrozado, y el otro día hablaban de cómo podría destruir el mundo un meteorito. Entonces mi pregunta es: ¿Por qué siempre la creación es lenta y la destrucción súbita? ¿Existe alguna creación súbita?".

Carmenza termina de leer el breve ensayo de su hijo de doce años. La tarea asignada: "Escribe sobre una pregunta que nunca te hayan podido responder".

Los viejos surcos

La caja de zapatos contenía una camisa azul celeste con una manga zafada y varias manchas de sangre, un pedazo de cabuya, también manchado de sangre, una novena al padre Pío, amarillenta y desteñida, una hoja de un cuaderno de rayas con un dibujo de un árbol y un nido de colibrí.

Doña Berenice la puso en sus rodillas, y colocó con suavidad las manos sobre la caja, sin abrirla. El teniente esperaba de pie, en actitud silenciosa.

¿Cuánto tiempo y cuántos muertos faltarán –se preguntaba el teniente Robledo– *para que este dolor no nos parezca ajeno?*

Continuó haciendo un esfuerzo sobrehumano por no llorar mientras veía cómo las lágrimas rodaban por el rostro de doña Berenice y tomaban caminos insospechados por los surcos de su rostro y su memoria.

La convocatoria

Era claro para ellos que Carmen, desde su inconsciencia, los convocaba. Mario llegó de China, Luz vino de Armenia, Nacho abandonó sus deberes de oficina para estar presente las veinticuatro horas y Ligia también se trasladó a la casa paterna. Maité, que siempre había estado, les informaba, conforme iban llegando, que la infección había cedido y que a lo mejor no era la hora final.

La casa adquirió vida de nuevo. Sobraba el mercado, abundaban las risas y sobraban también los llantos de nostalgia. Las luces siempre estaban encendidas mientras los hermanos hablaban de hijos, de carreras, de recuerdos, de encuentros y desencuentros, de separaciones y matrimonios.

Mario y Luz sellaron su perdón con un abrazo emotivo y prolongado. Cuando Carmen falleció, todos se encontraban reunidos en el comedor, menos Maité, a quien nadie pudo encontrar para darle la noticia.

La sentencia

A Elsa no le gustaba jugar a las cartas, ni ver deportes de contacto, pero se esforzaba por compartir con él estas aficiones. Una voz apenas audible trataba a veces de conectarla con su esencia. Ella la acallaba porque no quería quedarse sola toda la vida.

Llevan treinta años de casados y Elsa ha podido tener una felicidad nacida de la lucha, una paz aún más luchada y una unión familiar tejida con tino e inteligencia.

Por allá en lo más recóndito de su corazón, sabe que sigue estando sola… y que no hará nada al respecto. Se lo vaticinó Alfonso cuando le dijo que no se casara: "Lo malo es que si tú te casas, yo sé que será para toda la vida".

Dudosas virtudes

Felipe se ajustó el nudo de la corbata y apretando los dientes se prometió a sí mismo que sacaría adelante el caso. Ese dinero había que recuperarlo y no iba a dejar que le embargaran la casa, así fuera un ladrón de cuello blanco. Al fin y al cabo era su caso.

Enganchado en el reto, pero aburrido de la vida, miró la calle gris desde su ventana del décimo piso. Se lo había dicho Estefanía en la fracasada luna de miel en Viena: "Tienes una manera peculiar de luchar denodadamente, diríase que casi de forma heroica, por aquello que en realidad no quieres".

Vida nueva

Le encantaba la risa de sus cinco hijos cuando, disfrazados con cualquier trapo, se perseguían por el corredor. Era el juego favorito de los sábados.

Se trabajaba bajo un sol ardiente que no daba tregua en las jornadas agotadoras de siembra y cosecha, y los niños tenían que atravesar siete kilómetros de monte para llegar a la escuela, pero Luis la amaba con dulzura y los hijos los llenaban de ilusión.

Luisito, el mayor, estaba en séptimo grado. Era aplomado y colaborador y soñaba con ser inventor.

El día que tuvieron que huir sin poderse llevar nada, fue Luisito el que pronunció la frase lapidaria: "Mamá, deje de decir que empezamos una vida nueva. Todos sabemos que se nos acabó".

La voz de la verdad

El apartamento daba a un parque. Los álamos, tan diferentes de sus mangos, sus caracolíes y sus guayacanes, de todos modos lo acercaban a la tierra de sus afectos más primitivos, a esa cosa esencial que significa "ser de" acá o de allá.

Siete años atrás las amenazas se intensificaron a tal punto que no tuvo más remedio que huir. Sufragios, llamadas y mensajes de texto habían poblado de pavor su vida.

No le había ido mal. Tenía trabajo y el apartamento era suyo. Si tan solo pudiera acallar una voz que le repetía con determinación psicopática: "Nunca serás de ninguna parte".

Amistades imperecederas

Lo que más le gustaba a Jazmín era cuidar a los viejos. Le conmovía mirar al fondo de esos ojos llenos de historia. Las anécdotas de los residentes eran como un baño de sabiduría... y de amor.

No había muchos cascarrabias y su favorito era don Jaime, de 85 años. Tenía un ademán sereno, una chispa en la mirada y un humor fino. Se reían de tonterías.

En la puerta, y sin pronunciar palabra, la directora le entregó una nota. Don Jaime había escrito en dos líneas descendentes y de trazos temblorosos: "Querida Jazmín, nos vemos en la otra vida. Por usted volví a creer en Dios".

La amada

El pelo reseco tinturado de azabache enmarca una cara de ave de rapiña. Los ojos de mirada punzante –dos cabezas de clavo, chatos e inexpresivos– flanquean el lomo de una delgadísima nariz aguileña. A esa fisonomía corresponde una personalidad problemática, fría y mezquina.

Gladys regresa de pasear dos perritos falderos grises e inquietos, de ladrido histérico. Gus, que la mira desde el balcón, es consciente de que las parejas terminan pareciéndose.

Esta mujer agria ha espantado a todos sus amigos. Y sin un solo amigo la condena es vitalicia porque ya no tiene forma de saber quién era. Y esa es la estocada final, que ella ha tenido la paciencia de preparar, con la cual él perderá para siempre el camino de regreso.

De amaneceres

Un último amanecer, frío sobre su rostro, era lo que más quería. Don R. retuvo la mano de la enfermera que pasaba ronda a las cuatro de la mañana. La experiencia, y algo en la fuerza con que el hombre se aferraba a su mano, le permitieron concluir que a su paciente no le quedaba mucho tiempo.

—¿Qué necesita? —le preguntó, mirando con detenimiento esos ojos que se despedían de la vida.

A eso de las nueve de la mañana, el jardinero encontró, oculta entre los setos, una camilla sobre la que yacía, bañado por el rocío de la mañana, un cadáver sonriente.

Fuerzas telúricas

Tatiana la miraba estupefacta mientras la diatriba continuaba. Que si ayer, que si cuando estábamos pequeñas, que si me dijiste, que si me miraste, que si no me miraste, que si me hubieras mirado, que por tu culpa. El chorro potente e incontenible de rencores y reclamos era como si una fuerza de la naturaleza necesitara desbordarse para salir a buscar un cauce. Era un poderío telúrico que se conectaba de alguna manera con todos los rencores del mundo, con todos los volcanes que hacen erupción y con todas las placas tectónicas que eclosionan.

Comprendió que era insignificante ante esta fuerza de la naturaleza y, dando media vuelta, se alejó para siempre.

Paternidad

Es lunes de Pascua y es el turno del padre. El policía y su hija, de unos nueve años, están sentados frente a frente en la hamburguesería.

—Tengo libre hoy porque el viernes hubo un tiroteo con muchos heridos y muertos. Nos dieron compensatorio —explica el fornido hombre con cara de tristeza, mientras la niña contempla el menú.

—*Ajam* —murmura ella distraída, por toda respuesta.

La mesera deposita sobre la mesa dos gigantescas gaseosas desbordantes de hielo y dos platos rebosados de patatas fritas.

La niña saca un dispositivo del bolsillo de su chaqueta, y sin mirar siquiera al padre, se coloca los audífonos y se concentra en la pantalla.

Presa de la verdad

Carolina camina por el apartamento como animal enjaulado. Sube por las escaleras de caracol, baja, va a la cocina, entra a la alcoba...

Decir que no puede pensar con claridad es empequeñecer el cataclismo en su interior. Su vida, como la conoce, está a punto de derrumbarse. Si lo que más ha cuidado es el corazón de Fabio, si todo lo que ha querido es protegerlo de una verdad que no necesita saber y que ella está dispuesta a cargar en sigilo.

Toma papel y lápiz y con las manos sudorosas empieza a escribir: "Pude vivir sólo porque pensaba que nunca lo sabrías. Ahora que lo sabes, no puedo vivir".

Una de tantas decisiones

Ella sabe qué es lo que quiere oír. Ya estuvo en ReproSalud, pero allá el asunto es rutinario y la decisión preconcluida.

Tía Yaya, por favor contéstame, piensa, mientras marca el teléfono, temblorosa de piernas y manos. Una voz amorosa le responde y le dice:

—Sí, sí, vente ya para acá.

Decide irse a pie y tarda veinte minutos en llegar. No soportaría el gentío del autobús ni los trámites de la compra del pasaje. No puede pensar.

Tan pronto su tía le abre la puerta, la situación es explicada a borbotones, en menos de un minuto y terminan fundidas en un apretado abrazo.

Después de despedirse se dirige a las escaleras para bajar desde el cuarto piso hasta la calle, pero en la oscuridad del rellano del tercer piso se detiene. Se sienta en un peldaño y dedica un largo rato a acariciar su vientre.

Contactos humanos

Es asistente de caja. Se acerca a saludarme cuando me ve en el pasillo escogiendo los productos. Como es sordomudo, me sonríe y después se lleva pausadamente la mano al corazón. Yo le sonrío y le doy siempre una propina doble.

Antier él empujaba el carrito y yo iba detrás cuando se detuvo frente a una exhibición de chocolates y flores. Noté que enrojecía mientras intentaba formar palabras audibles. Al fin pronunció cinco palabras guturales.

—Feliz día de la mujer —dijo, señalando los chocolates y las flores en ademán de regalármelos.

Me detuve y, mirándolo a los ojos, esta vez fui yo quien se llevó la mano al corazón.

La sombra

De eso no se habla. Una actitud estoica inculcada por medio del ejemplo erige la barrera que impide análisis, llantos o lamentos.

Un extraño día de noviembre hubo que elegir entre el riesgo del secuestro –que era la desgracia de todos los días–, y el exilio.

En el transcurso de un día agitado y lúgubre empacaron lo que pudieron y partieron los seis, encandilados, a buscar camino en las sombras de lo desconocido.

Otra sombra, la de lo innombrable, era la que los esperaba, y esta los acompaña, desde siempre, en absoluto silencio.

Blanco y negro

Su deseo por fin se había cumplido. Al despertarse se vio desde arriba y pudo observar, completos y nítidos, su pasado, su presente y su futuro. Tuvo entonces la idea de cambiar su pasado, sin cambiar ni su presente ni su futuro, pero esa modificación selectiva no era, al parecer, posible. Deseó en consecuencia y a renglón seguido olvidarlo todo, y en un esfuerzo por acceder al olvido anhelado, cerró los ojos. Cuando se percató a fondo de que ya no tenía ni presente ni futuro, quiso abrirlos. Empero, ya eso tampoco era posible.

Motivos de irritación

Empezó en la playa. Caminaba con Álex, quien la miraba con irritación cada vez que ella recogía, no una concha, sino un pañal, un pitillo, una caja de poliestireno o una tapa de botella.

Ahora era una compulsión. Llevaba a cualquier sitio sus guantes y una bolsa enorme. Sus amigos y Álex se miraban entre preocupados y burlones mientras ella iba recogiendo basura.

La situación, no obstante, dio un giro inesperado cuando empezaron a surgir los imitadores, que además se organizaron en brigadas con camisetas iguales y una bolsa distintiva.

Álex ha dejado de mirarla con irritación.

Sueños bucólicos

Provenían de familias de académicos y empresarios pero soñaban con tener una finca. Por fin compraron una parcela en clima frío, a cuatro horas de la ciudad. Ilusionados con arreglar la casita en las montañas, buscaron en los depósitos de demolición puertas de madera calada y sembraron sietecueros y guayabos.

Un domingo a las 6:30 de la tarde los detuvieron en la carretera.

—¡Lo llevan derechito al hospital de S., ¿oyeron?! ¡Si no, aténganse! —dijeron los hombres armados con fusiles mientras subían al automóvil a un hombre que, herido de bala, sangraba profusamente y gemía de dolor.

Ramiro y Sonia llevan cinco años sin salir de la ciudad. Ahora cuidan los tres geranios que les caben en el balcón.

Efectos de la primavera

El jardín botánico estaba a punto de cerrar, pero las mariposas, el rumor de las hojas y el zumbido de los insectos la habían hipnotizado. La madreselva estaba en flor y las abejas tachonaban de vida y murmullos una primavera que ya le abría paso al verano.

Hizo caso omiso del último aviso y tomó el sendero de grava hacia al jardín de las glicinias. Una profunda quietud se apoderaba del jardín a medida que este se vaciaba de visitantes.

Una medialuna se hizo visible. Se tendió bocarriba sobre el prado. En su pecho latía algo desbocado. Era una extraña mezcla de la más infinita felicidad, y de un temor sin fondo de no querer, nunca más, regresar a su vida.

La justicia

Patricia grita y agarra a su hijo del brazo con todas sus fuerzas, pero en el fondo de su alma que se está rasgando en jirones sabe que ella no puede detener el infortunio. Los tres policías que han irrumpido en su casa ese miércoles por la tarde dicen que a su muchacho lo buscan por asesinato.

—¡A él le robaron los papeles, seguramente hay un malentendido!

Los policías proceden a esposarlo y se lo llevan.

Cuando Héctor la llama de Cañaveral le dice, haciendo un gran esfuerzo por no llorar:

—Mamá, mándame los cincuenta que tengo que pagar a la semana por el pedazo del piso para dormir; y no vengas. Con un corazón que se dañe es suficiente.

Verdades de a puño

Mauricio analizaba si habría habido otra opción. Era difícil eso de determinar si nuestras acciones eran las únicas posibles o el fruto del capricho.

Que dejara de romperse el coco, era lo que le había dicho Andrés y, con causticidad característica, que no era el primero en creer que ponerle los cachos a la mujer era un compromiso ineludible con su felicidad.

¿Era, entonces, esta felicidad que sentía apenas una repetición de la eterna, caprichosa y humana tendencia a buscar la novedad? ¿Y cuánto tiempo resistiría esta felicidad el dolor de la ausencia de sus hijos?

Vencido, recordó la sentencia reiterativa de su fatigosa mujer: "Unas por otras". Sí. Unas por otras.

El oficio

La desconocida se inclinó hacia su oído y susurró:

—La sobrina que me atormenta regresó del extranjero. Se lo ofrezco a Dios.

Ester asintió, tratando de retomar el hilo del sermón.

—Llama y dice que me dará unos buenos golpes. Mi hermana y yo nos adoramos. Ella quedó viuda con nueve hijos y dice que no sabría qué habría hecho sin mí.

Una vez más Ester procuró escuchar el sermón.

—No sé qué hice para que me odie tanto —dijo la mujer— sin poder contener más el llanto.

Ester posó suavemente la mano derecha sobre las dos manos unidas de su vecina de banca, le pasó el brazo izquierdo por el hombro, y procedió, más bien, a prestar atención a los oficios de la humanidad.

Ani po

Siente miedo, entremezclado con la emoción y el cansancio. El aeropuerto es un hervidero de pasajeros vociferantes. Se abre paso con dificultad, arrastrando la maleta. El aire trae notas de polvo y especias, y de un frío seco, información nítida de que está en tierra ajena. Los demás pasajeros de su vuelo se han marchado. Solo ve rostros extraños.

De repente la encierran y la sostienen en el aire unos brazos que conoce. *"Ani po!"*. Su mente, aliviada, se escapa unos instantes para considerar el hermoso poder de dos simples palabras. ¡Cuántas cosas hondas caben en "Aquí estoy"!

Los límites ficticios

J. C. era reconocido por su poderosa fuerza expresiva. Se preparaba para representar los diversos personajes mediante una inmersión rigurosa durante la cual empezaban a confundirse los límites entre él y la ficción que encarnaba.

Por lo general, una buena noche de sueño o una animada reunión con sus amigos le bastaban para restablecer los límites entre actor y personaje.

El sábado, después de la función nocturna, no regresó a su casa. La policía lo localizó el domingo en circunstancias insólitas: estaba tendido boca abajo, con los brazos en cruz, besando el piso del pasillo central de la iglesia, esparcidas por doquier las hojas de los libretos sobre el cura pederasta.

Más allá de las palabras

La pareja espera el pedido. Desde la mesa contigua, Marta observa su silencio. Siempre le ha temido a que se agoten las conversaciones. A ella, que vive de las palabras, le resulta inconcebible que no haya nada que decir. *Es como morirse –piensa– o al menos la antesala de la muerte.*

El mesero deposita frente a la pareja los respectivos platos. Con disimulo, Marta continúa observándolos.

Ambos hacen a un lado sus teléfonos celulares, se toman de la mano, y cerrando los ojos murmuran al unísono lo que parece ser una oración de gratitud y, antes de empezar a comer, se besan largamente.

Sorprendida, Marta considera que a lo mejor es ella quien no ha descubierto lo que hay más allá de las palabras.

Ligeros cambios

Nada había cambiado de ayer a hoy, aparentemente. Y aun así todo parecía diferente. El aire era más fácil de respirar, el ventanal más transparente, sus pies más ligeros y su cintura y su cuello más dóciles. Era como si se hubiera quitado peso de encima y estructura de adentro.

Todo se lo debía a un hecho simple: se había abierto la ventana de la esperanza. Sus hermanas llegarían al día siguiente, y anhelaba abrazarlas y reírse con ellas de las mismas anécdotas de infancia, mil veces repetidas.

En un gesto poco característico de optimismo y cariño, Meme le había escrito: "Te quiero. Verás que todo va estar bien". Tal vez no todo estaba perdido.

Artimañas

—Por lo general (el tío Fidel es lo suficientemente sagaz para evitar las generalizaciones y por eso acostumbra matizar, dice "casi siempre", "no todos, pero sí algunos"), por lo general —decía—, o mejor dicho, casi nunca, entendemos las motivaciones ajenas.

Yo sabía que lo decía para que lo oyera Juana. Como dicen, le hablaba a Pedro para que oyera José. En este caso me hablaba a mí para que lo escuchara ella.

Juana continuaba escribiendo como si no se percatara de nada. *Tratándose de tales iniquidades*, pensé, *esta vez tendrá que inventarse un ardid mucho mejor para librarse de lo que le espera porque, en general, como diría él, uno termina por tropezarse con sus propios entuertos.*

La mesa

Estábamos todos. Fina hablaba animadamente de su vida de actriz en Nueva York. Efraín, como siempre, dejaba caer de vez en cuando, entre las carcajadas y las preguntas, el comentario oportuno. Marichú imitaba a los demás aumentando la diversión.

Augusto, siempre reflexivo, se puso de pie y, apartando la silla de la abundante mesa que entre todos habían dispuesto bajo las flores escarlata de la enredadera de tamarindillo, llamó la atención dando dos golpecitos con el tenedor en el vaso.

—Espero que aprecien —dijo— que de esto está hecha la sustancia de la vida.

Lo que no sabemos

Martín no tenía por qué saberlo y si lo hubiera sabido poca diferencia habría hecho. El cáncer de Carolina no tenía nada qué ver con su decisión, pero acabó convirtiéndose en su yugo y en su sentencia condenatoria.

El malhadado viaje, planeado hacía un año, coincidió con el desenlace fatal, haciéndolo ver ante todos como verdugo. ¿Y quién iba a recibirle ahora explicaciones? ¿A quién le interesaría escuchar una de esas explicaciones que comienzan: "Mira, no es lo que parece"?

Soraya tenía, obviamente, llaves del apartamento y por eso Martín no la escuchó entrar. Se tendieron mutuamente los brazos.

—Papá, a mí no tienes que explicarme nada —le dijo su hija, rescatándolo así, sin saberlo, del inminente naufragio.

La llamada

Su conocido vigor era cosa del pasado. Desde el corredor del centro de recuperación, Joaquín contemplaba el lago. Lejos de todo y extraviado de los suyos, derivaba consuelo de la libertad que le proporcionaba no tener y no pertenecer.

Se sentía un poco monstruoso por no extrañar más a aquellas personas y aquellos lugares que le habían sido caros, pero las tersas aguas del lago, el viento otoñal y el sigiloso andar de las monjas le regresaban la paz.

Por eso, cuando una de ellas le acercó el teléfono, indicándole con rostro lleno de alegría que tenía una llamada, Joaquín levantó la mano a duras penas lo suficiente para dar a entender que no la tomaría.

El segundo hogar

Entró, todavía de noche, en ese espacio que la albergó a diario durante dieciocho años. Desde la ventana miró las luces de algunos negocios que iniciaban sus labores y las dos chimeneas humeantes de las fábricas. Observó el pequeño bambú que fuera su jardín, las botellas miniatura, un carrito de la zona cafetera, el barco en la botella que compró en el semáforo, la bicicleta hecha con latas de Coca-Cola por un indigente, las cajitas de té y las placas de los quinquenios. En la esquina del escritorio estaban las fotos de sus tres hijos, desteñidas por el sol, una estampa de la virgen y un rosario. Puso todo en la caja de cartón y salió para siempre, aun oscuro, antes de que se iniciaran las labores.

Aplazamiento

Se echa a toda prisa el morral al hombro y sale para clase. Siente una espinita en un lugar indefinido del pecho. Ayer también iba a llamarla, pero salió tarde de clase. Su rostro está en todas partes y extraña el olor de su pelo. "En cuanto pueda la llamo", piensa, mientras camina apurado.

Bajo un cielo alto y cristalino, el otoño es un esplendor crujiente. Hace un frío seco perfecto. Un hondo suspiro lo sorprende de repente. Siente vibrar su celular. Lo saca del bolsillo para mirar el mensaje. Palidece. Debió haberla llamado.

Sobre artistas

El soldado, sentado en una silla de plástico que ahora era de un blanco renegrido, se limpiaba las uñas con un palito. Una fila nerviosa pero resignada de remisos esperaba para arreglar su situación.

"Hey, ¡respete la fila!", le gritó un muchacho vestido de yin y saco de alpaca a otro que se dirigía, cabizbajo, al despacho del mayor.

El soldado levantó la mirada indiferente y dijo: "Déjelo, es que él es artista, o ¿cómo es que se llama?".

El que había emitido la queja lo miró incrédulo. "¿Quiere decir autista?".

"Sí, eso", dijo el soldado, y continuó trabajando en la uña del dedo índice.

Para siempre

Marcos la miraba de soslayo, procurando cerciorarse de que la persona que acababa de pronunciar aquellas palabras fuera la misma que él conocía.

Frente a los dos, el abogado, en su ampuloso y mullido asiento de persona importante, hacía anotaciones en las márgenes de un documento.

Maritza procuraba no ver cómo los hombros de Marcos habían perdido fuerza y angulosidad ni cómo ahora solo debilitaban aún más una forma sin fuerza que, inclinada hacia delante, sucumbía a la gravedad.

Miró de reojo la foto de su celular en la que Antonio le sonreía desde una idílica playa. Esbozó una mueca y masculló: "¿Alguna vez acaso te dije que era para siempre?".

El año que perdió un mes

Esperaba con ilusión ese mes de nombre gris para ponerse el vestido que había comprado trece años atrás. Era en realidad un largo y entallado saco de lanilla cuyo estampado de flores aguamarina y marrón trepaba en enredadera desde el borde inferior hasta sus hombros, arropándola con una elegancia juguetona que les sentaba bien a su alma y a su cuerpo.

Abrió el guardarropa, ansiosa por ponérselo y caminar esa noche al teatro. Sus pies jugarían con las hojas de un otoño en su mejor momento. Sintió un frío en el estómago al recordar que había cedido a la insistente solicitud de Sandra de prestarle el vestido y que ella vivía ahora en otro país.

Entendió que noviembre sería ahora solo gris.

Cómo tomar decisiones importantes

Siempre se llena de música cuando tiene que hacer algo importante. Sabe que puede parecer teatral, pero solo ella siente cómo entran en su cuerpo y lo ponen a vibrar las notas de *Cavalleria rusticana* con la orquesta en afiebrada ejecución.

Más que por sus oídos, las notas entran por su plexo solar y de allí se reparten para pulsar todos sus nervios y terminar de templar su determinación. La música la infla como a un globo de helio y sabe que al salir de allí tendrá la forma y la liviandad necesarias para el vuelo. Busca en su bolso a tientas con la mano derecha el documento para asegurarse de que está en su lugar. Está lista para volver a nacer.

Enfermedades raras

Samuel, devenido infortunadamente Sam, había sido gordo. Ya no, no después del balón gástrico. Empero, conservaba la redundancia de carnes ahora desinfladas que bailaban rítmicamente a su alrededor cuando caminaba, mal ocultadas por la camisa de manga corta.

De Suramérica regresaba triste a Minneápolis. Había hecho lo posible por culminar en matrimonio la que creía había sido una gran conquista y por superar su adicción a navegar por la Red.

Su novia peruana lo despidió de Lima, no obstante, con una frase que, sentado en la sala de espera del aeropuerto, aún procuraba entender: "Ser extranjero se parece a veces a una enfermedad".

Oído aguzado

Ahora los tenues motivos de dicha, a los que a lo largo de la vida había aprendido a prestar tanta atención, le llegaban más por los oídos que por los ojos. Desde su habitación percibía los colibríes que, ocultos entre las hojas, zumbaban en medio de un intenso cortejo y hacían alboroto con las alas mientras luchaban por su territorio.

Empezó a ocurrirle hasta con Miguel. Su figura le parecía difusa, pero sus palabras llegaban alegres y efusivas, o apacibles y reconfortantes, al fondo de su corazón. Sentía como si en otra vida hubiera aprendido, ciega, a aguzar el oído y a hacer de este el sentido privilegiado.

Por eso fue la primera en escuchar los pasos en la escalera.

Autobiografía

Tenía una sensibilidad especial, digamos un don, o una maldición, y ubicaba la miseria donde quiera que estuviera escondida, encontraba la sordidez por más oculta que fuera.

Podía ocurrirle, por ejemplo, que, andando por una calle bonita, de repente se daba vuelta sin saber por qué y alcanzaba a ver al ladrón y drogadicto que, inadvertido para el resto, entraba con el botín en su madriguera.

O notaba, por ejemplo, cómo la mujer que sonreía para todos miraba de soslayo a su pareja con cara de hastío.

De lo triste no se le escapaba nada y un día se vio a sí mismo.

Miedos personales

Celia no le teme a la soledad. Está acostumbrada a valerse por sí misma y a navegar tranquila en el silencio. No le asustan ni siquiera las noches en vela, en las que retoma sus lecturas variadas.

Es ya un modo de vida arraigado, una amistad consigo misma, en la que podría decirse que la acompaña un *alter ego* con el que conversa y con el que toma las decisiones. Está hecha a la idea de que otros llevan vidas que están llenas de festejos, de familia y de relaciones.

Sabe que no tendrá hijos y está en paz. Solo a una cosa le teme: a no verlo una vez más antes de morir.

Utopía

Bruno ajustó la puerta sin demasiada prisa. Introdujo la llave en la cerradura, le dio vuelta y se cercioró de que su casa gris quedara bien cerrada. Su barrio de casas iguales quedaba a una distancia caminable de su trabajo, por lo cual dejó su carro gris en el garaje y decidió recorrer a pie la distancia hasta su oficina. En su trabajo no había jefes ni subordinados, pero tampoco había conversaciones. En la calle no había indigentes, porque todos vivían en una casa igual. Al final del día gris, Bruno se echó sobre la cama y sonrió, aparentemente feliz.

Diversos motivos

Sentada en el balcón, Tata fumaba su cigarrillo sin filtro y observaba, a veces, la actividad de la calle, y otras veces hacia el infinito sobre las copas de los árboles.

Berenice llegó de trabajar y, como siempre, se quitó los zapatos para sentir en los pies el frío de la baldosa. Se sirvió un vaso de agua y fue a sentarse en el balcón al lado de su abuela.

—¿En qué andas pensando tanto, Tata? —le preguntó Berenice.

La abuela suspiró y respondió:

—Pensaba, mijita, que estamos listos para morirnos cuando son demasiadas las cosas que no entendemos, o demasiadas las que no podemos aceptar.

Perspectiva

Cerró la puerta con firmeza y echó a andar con paso decidido. Cruzó la cuadra en diagonal, hacia la estación. Se subió al tren que atravesaba la isla, y se bajó, a mitad del recorrido, en el aeropuerto. Vestía el suéter rosado favorito, las botas de cuero de cordones y llevaba, como único equipaje, su billetera. Con la manga del suéter se enjugaba las conocidas lágrimas solo cuando le impedían ver. El vuelo hacia Nueva Zelanda –que para ella significaba lo más lejos posible–, despegaba. Volvió a pensar en que Mateo se despertaría sin su té y sin ella. Recordó cuan a menudo él decía que no era para tanto. *Pues sí*, pensó, *en realidad nada es para tanto*, y sintió, por fin, una gran paz.

AGRADECIMIENTOS

A menudo el destino de los proyectos creativos se balancea de forma invisible entre la indiferencia –entre la duda y la inercia que los harían esfumar sin dejar rastro–, y el pequeño gesto, la conminación que nace de un genuino interés, que se convierte en la gota que los cataliza en algo tangible. Este agradecimiento es para todas esas personas que, después de leer lo que escribo, me han dicho, de una u otra forma, "por favor, escribe más", y en especial para los catalizadores, para los que intencional o inadvertidamente salvaron este proyecto de la evaporación. Andrea Londoño me abrió los ojos a las posibilidades de este críptico género que es el microrrelato, puente entre la poesía y la narración. Piedad Bonnett, con su habitual generosidad, me dio el espaldarazo definitivo.

Agradezco a mis padres porque despertaron en mí el deleite con la palabra, el respeto por ella, y el amor por decir y escribir las cosas de forma considerada y clara, de manera ponderada, de tal suerte que fuera consciente de que la palabra, gozo (en su mejor versión) y herramienta por excelencia, no es más que el reflejo de lo que somos y de la forma como nuestro corazón aborda y describe el mundo. Gracias a Fabián Bonnett por todos los años de apoyo y de trabajo conjunto en este fascinante oficio de tejer y desbaratar palabras.

A Iván, Inés, Tomás y Juan mi gratitud infinita porque su círculo de afecto me contiene, y por su paciencia y humor para tolerar mi talante quisquilloso con el idioma. Mucho me temo que esa vocación ha quedado inculcada para bien –o posible irritación futura– de varias generaciones y cónyuges.

Juan, gracias por hacerme la propuesta imposible de rechazar.

Sobre la autora

Foto por: Mónica Bothe Triana

Ana del Corral Londoño (Bogotá, 1960) se formó como periodista en la Universidad de Kansas y se especializó allí mismo en Literatura Hispanoamericana. En el diario *El Tiempo*, en Bogotá, trabajó como periodista y editora de las secciones Metropolitana y Vida de Hoy, y tuvo a su cargo la creación del primer manual de estilo para el periódico. Se desempeñó como editora de la división de literatura de Editorial Norma. En los últimos años ha trabajado como periodista, editora y traductora independiente para distintas revistas y editoriales, entre ellas Harper Collins, Editorial Norma, Editorial Panamericana y Ediciones Uniandes. En el 2011 publicó un libro de poemas, *Afelio*, que fue reeditado en el 2016. Desde julio del 2017 publica un blog (desdeelfogon.wordpress.com), ampliamente aceptado por los suscriptores y la crítica. En julio del 2019 el blog empezó a ser publicado en el diario *El Espectador* (elespectador.com), también con gran acogida por parte de los lectores.

Más publicaciones de Domínguez Ospina

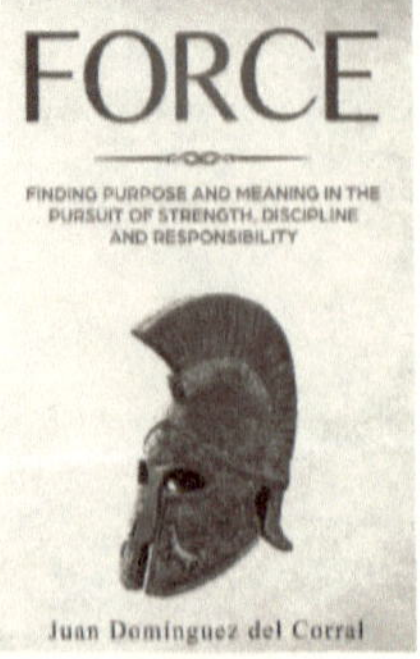